Le parfum des fleurs

Lizza Sahnoune

Le parfum des fleurs

Recueil

LE LYS BLEU
ÉDITIONS

ISBN : 979-10-422-0553-9

Il y a des fleurs partout pour qui veut bien les voir.

Matisse

Préface

Quand la poésie habite une personne, ça se sent. À sa manière de regarder, de parler, de se déplacer. À sa manière d'être au monde, de griffonner des carnets, de courir après les mots, de laisser le silence se déplier.

Lizza est ainsi, elle a choisi son pays d'origine, et repousse les frontières du réel. Pas étonnant que la poétesse soit passée de la musique à l'écriture, le rythme scande son recueil comme des chansons entêtantes. Pas étonnant que les saisons travaillent son écriture, elle est de celles qui savent attendre l'éclosion de la graine.

Je souhaite à Lizza que ce regard ne la quitte jamais et d'inventer le réel encore et encore. Et *si elle n'a nulle part où ranger ce qu'elle voit,* réjouissons-nous de lire son désordre.

Flor Lurienne
Autrice et comédienne
***Déshabillez mots*/Flammarion**
***Rita trace sa route*/Éditions Velvet**

Le parfum des fleurs séchées

Été

Le parfum des fleurs

D'un souvenir à l'autre
ma mémoire de soie
passe par la fenêtre

D'une aquarelle à l'autre,
près du champ de pétales,
j'irai poser ma tête.

Telle une boucle lancinante
qui m'emporte et que je répète,
j'attends parfois comme une fleur
que j'aimerais apprendre à connaître.

J'écrirais bien en majuscule
chacun des mots que tu prononces,
pour être certaine de ne laisser
aucun soupir, aucune errance

Oui c'est la saison des soleils
mais il reste de l'hiver sur mes hanches,
si le monde dépend de ton rire
je veux bien entrer dans la danse.

J'ai des îles, j'ai des béances
et j'ai parfois le mal de mer,
j'ai des rimes aux failles subtiles
qui ont des arrière-goûts de terre.

Telle une boucle lancinante
qui m'emporte et que je répète,
tout comme le parfum des fleurs
j'aimerais apprendre à te connaître.

Les débuts

Gestes de pétale
aurore et prémices

tout commence

L’élan

Premier soleil,
tu disloques les vagues

ma coquille s’ouvre

Deux semaines en juillet

Trace de framboises
sous le pupitre mauve

les pivoines sèchent

Sollievo

Sorbet citron
le soleil tremble un peu

je me prélasse sous mes draps

La rivière

C’est comme si l’orage était passé depuis un moment déjà,
j’ai ouvert les fenêtres
pour m’empêcher de songer

un instant.

C’est comme si l’espace-temps suspendu à mes lèvres
se complaisait dans une rivière,
pour un moment

Comme si les pistes et les contours se brouillaient
pour ne laisser que flou autour,
l’azur,

ou la brume, peut-être ?

C’est comme si plus rien n’était grand-chose,
et les quelques choses qui restaient là,
elles aussi
tournaient dans le vide

tels des électrons libres

Comme si des particules semblables à des lucioles s'envolaient au
même moment,
au même instant,

pour éclairer le ciel d'une lumière si pure, si blanche, que je le sais,
toi aussi, tu l'as vue.
Tu la vois ?

C'est comme si le désert de sel sous mes cils se mêlait à la fraîcheur
de la banquise,
comme si six années étaient passées sur moi-même,
et que le printemps revenait toutes les saisons.
Tu le crois ?

Comme si mes peurs devenaient des cascades dans lesquelles
il est agréable de nager,
comme si le courage était gagné d'avance,
et que la chance, elle,
dansait à l'unisson avec le reste de mon monde.

Comme si les soleils d'Italie suffisaient à réchauffer à la fois les peaux,
les cœurs,
les mots,
mes maux

Comme si mon être pouvait se dédoubler pour tenir à nouveau les
mêmes mains,
revivre les mêmes moments,
les mêmes instants

Comme si j'assistais là à cent couchers de soleil à la fois
sans interruption
Tu es là ?

C'est comme si l'attente valait finalement le coup,
que les bonnes décisions, elles, se prenaient là, sur tes joues
et que l'eau qui roule n'attendait rien de sa course.

Comme si le sol soulignait constamment mes certitudes,
que le ciel arrosait cette même terre
pour la faire fertile.

C'est comme si la même langue suffisait à mêler mille langages
et que les images s'apparentaient à des pays que l'on ne découvre
qu'une seule fois

Comme si le hasard soulignait l'évidence,

Comme si les phases humides de ma vie s'évaporaient sous mes yeux
prétextant ne plus avoir froid.

Comme si le gris mis en bouche devenait tiède,
que le miel se languissait de te voir en rêve,

Comme si les entre-temps pouvaient se faire remèdes

Comme si je pouvais polir mes erreurs et les jeter
au bord d'une falaise
alors que les vagues m'applaudissent

tels des confettis à la nage

C'est comme si l'orage était passé depuis un moment déjà,
j'ai ouvert les fenêtres
pour m'empêcher de songer

un instant

L'éveil

Magistrale la vie

sur cette balançoire

je me penche, je me penche

séparateur de lave
tu soutiens mon enfance

je te danse, tu m'octaves

remède éthéré

le passé est passé

j'éclos

La belle saison

Entre l'aube de ton lobe
et l'ambre de ta langue

tu m'opalines

Moi je range mes roses
dans la barque menant à tes cils.

Tel un grand rituel,

je t'ondule
puis je te pleure

J'apprends à ouvrir mes frontières,
à fermer les portes cochères :

hier ne ressemble pas à demain.

Dans la moiteur de tes deux mains je range mes plus vieux secrets

Chorégraphie

Bluette
au-dessus de la Grande Ourse
le rossignol s'amuse de nous

Fragrance

Le calme s'installe
sur ton poignet

je respire ses parfums

Des bras comme des branches

L’absence de mots
l’abandon des restes
le vent frais en caresses sur ma clavicule fraîche

le réel s’allonge

sous mille particules

mon cœur renaît en un soupir

Olmaria

Je te délice
tu me bleu clair
je te lys

tu me Prévert

Nuit bleue

Je peins la nuit
lorsque la ville s'endort

demain tu me liras

Lavande mauve

Bal de lavande
ronde d’abeilles

l’été est là

Sur le Port

Danseuse au vent
robe de satin

soirée d’été

Maîa

Rafale de lilas
l'onde se déverse

sous Bethléem, l'escale

Le croquis

Ébauche marine
plans sur la comète
un colibri chante

Soirée d'Été

Concerto dans la cuisine
hymne à la vie

la libellule se cache

L'apnée peut attendre

Je pénètre le soleil
toi tu dévales à toute allure
vers le fond de ton ciel

mes rêves excédés dorment encore

Au matin je serai la nuit sans limite
qui se réveillera finalement
car tout ce que j'aime repose là,

au plissement de ta paupière.

L'apnée peut attendre

Deux fois par jour j'ai le vertige
et les estuaires, eux
baignent quand même dans la lumière.

Je consens à mon propre précipice.

L'apnée peut attendre

demain, je serai pigment de poème.

L'apnée peut attendre

demain, je prendrai la route des soleils.

L'apnée peut attendre

J'apprendrai la danse de la vie et je n'aurai pas peur alors

il est l'heure d'ouvrir au vent frais
sans pour autant claquer la porte.

L'apnée peut attendre
l'apnée peut attendre
l'apnée peut attendre
l'apnée peut attendre

J'ai des errances qui portent ton nom mais qui ne lèvent jamais la voix,
l'apnée peut attendre

il y a trop d'eau dans ce bateau et les falaises s'éloignent encore

c'est le triomphe des prémices,
la danse des papillons

le retour de la neige qui ne brûle finalement pas

le départ de fumée
les bourgeons et la plénitude

les orangers
les pigments de mangue
les édifices à ton aise
les escales à ta guise

l'élan mutuel

Sortie de bain

Les vagues font des alinéas
et mon cœur saute des lignes

demain tu seras là

Aquarelle

Une île lumineuse
où il fait bon de rester vivre
plus d'une saison

ton sourire

Tango

Intervalle
mes lèvres rouge cerise
bousculent la distance des journées à venir

Plein air

Tu me nectar
je te me mauve
je t'abricot
je t'azure

toi tu m'arroses et tu m'été

l'horizon se cambre,
les arbres frémissent

viennent les mouvements des prémices

Toutes les premières fois du monde

Poème pour Mamo

Tu restes longtemps à fixer le vide,
je me faufile dans tes absences
puis je fixe tes mains à rides.

Elles ont les lignes des grands livres

j'y lis l'été qui renaît,
j'y lis la vie qui revient :

elles sont le monde sous mes yeux

oui elles sont le monde sous mes yeux.

J'aimerais pouvoir te donner la ville sous ses plus belles lueurs,

Une retraite sous les vagues
les carrés de ciel, la terre ferme.
Les ombres chinoises,
le soleil,

et toutes les premières fois du monde

La dimension de mes murmures

Mon espace a cinq murs et deux dimensions

je n'ai nulle part où ranger ce que je vois :

l'eau de la mer,
tes mains qui tressaient mes cheveux hier

le soleil frappe

Je voudrais garder avec moi
les éraflures sur les genoux,
élans d'enfance

fragments de mes quelques joies

Les géraniums

Pour Mamo

Si tes fleurs de géraniums aussi avaient des lèvres,
elles t'énonceraient au quotidien
la beauté de ton être,
la douceur de tes mains.
Elles te le diraient,
que toi aussi, tu es une fleur.

Que ta place est à leur côté, dans le jardin.

Elles te nommeraient sœur,
puis t'expliqueraient combien il est laid que tu ne sois pas là
pour mêler ton parfum aux leurs.

Si tes fleurs de géraniums aussi avaient des lèvres,

elles te diraient l'abondance de l'amour,
la cascade du cœur qui coule jusqu'aux pétales,

quand tes mains les arrosent.

Elles te remercieraient, enfin, d'être humaine,
pour pouvoir chaque jour être là pour elles.

Si tes fleurs de géraniums aussi avaient des lèvres,
elles te nommeraient sœur,
puis elles te feraient reine.

Arum

Trait pour trait
l'essence antérieure à l'aurore se joint à moi

tu as l'odeur de la nuit moite qui dure depuis trois vies

Azur

Sous la géante bleue
le noyau se brise

zénith

La chute de mes murs

Au déclin de l'aube

à la tombée du jour

dans les demi-clartés

tu es là

quand le ciel change ses reflets gris pour des bleutés,

tu es là.

Ne presse donc pas le pas

il y a peu de trafic sur cette route

l'avenue est vide et le soleil est doux.

Prends ma main
prends ma main,

observons de loin
l'affluence des rivières qui avancent vers toi,

la chute de mes murs

Le Repos

Tes yeux
rendent la nuit à ma nuit,

je me repose puis je renais

Navigateur

Quand le matin est doux et la lumière limpide
que les rideaux écrus flottent par la fenêtre entrouverte,

j'ai envie d'enlacer la mer

de me rouler dans des draps crème

en écoutant une musique

de chérir la vie, toujours
et d'enlacer la mer, encore

enlacer mes doubles, les rivages

les voiliers blancs, les coquillages,

et toutes les versions de toi

Les matins blancs

Comme un calmant,
presque une idylle

le thym et la rose
clarifiés
embellis

un égal assuré, utopique, mesuré

c'est presque une morsure

c'est quasiment l'été

c'est la joie, c'est la joie

l'embrasement de l'âme
c'est toujours, c'est jamais
l'attente
le réveil
les piqûres assurées

la fuite, le désordre
l'attente
le désarroi

c'est tout ça à la fois

Un village dans le sud

Puits de pierres grises
sous le tilleul

les feuilles séchées jaunissent

Sur le boulevard

Tache de café sur bouquet de mots
là où passent tes yeux

le vent s'arrête

Vervain

Je crains de n'abîmer de mes mains maladroites
les mots qui sortent de ma bouche

vois-tu,

il y a de l'air dans tes sourires
et il pénètre mon estomac.

Vois-tu,

je dessine des fleurs dans mes alinéas.

Tu me rappelles le pays des oranges :

tu éblouis la ville
et le soleil aussi.

J'ai beau tourner la tête et regarder les branches
c'est la tienne qui demeure
avec acharnement :
ta tête.

Vois-tu
je ne sais pas le dire
pas le dire autrement,

je.

La tendresse

La danse des clavicules lors de la sieste
le motif des tâches sur ton nez célébrant la fin de l'été
les feuilles qui s'acclimatent aux saisons,

et ma paume à la tienne

Le parfum des fleurs fanées

Automne

Chesnut

Volée exquise
arôme de noisette au vent

la valse se fait

Le portrait

Perpétuelle métamorphose
j'emprunte à l'existence humaine
des visages de verre

Tout ce que mes mains retiennent

Ce que mes mains retiennent

c’est la grande maison des vacances,
l’eau salée sur une plage à Barcelone

l’été

l’odeur de l’après-soleil
le bruit de la foule qui se mêle
à celui de centaines d’oiseaux.

Ce que mes mains retiennent,

c’est une paume,
une clavicule,
un œil à demi clos
une orange juteuse

et une baignade au crépuscule.

Ce que mes mains retiennent,

les traversées entre les pins
les cabanes dans la voiture,
le bateau bleu sur le grand lac
et beaucoup de tendresse.

Les aires d'autoroutes,
les nuits d'hôtel,
deux têtes accolées
et nos mains qui se tiennent.

Ce que mes mains retiennent,

les ports des grandes villes,
les vagues fraîches et fragiles
se dépêchant de vivre
pour mourir sur ta cuisse.

Tes trois grains de beauté
la beauté de tes cils,
la beauté de tes mains,

qui retenaient mes mains.

Ce que mes mains retiennent,
elles ne les tiennent plus :

les après-midis grises
et le silence de toi ;

toi qui dors désormais

ici, un peu,

là-bas.

L’acacia

Il a jauni cet arbre :
moi, je ne m’y fais pas
c’était un acacia

Un arbre à abattre !
il l’a montré du doigt.

Juste la fin du monde :
rien de grave après tout.

On a déjà tout vu :
l’amour qui se clôture,
les vignes d’Italie,
noisetiers sous la pluie,

j’ai adoré m’y perdre.

Presque la fin du monde,
rien de grave après tout

on a déjà tout vu :
la lumière au matin et parfois son contraire,
les paradoxes de la vie, douce-amère
presque la fin du monde,
rien de grave après tout.

Ça m'aura quand même plus.

La route qui portait ton prénom

Tous mes mots prennent ta route
et reviennent vers moi

bredouilles

À quatre heures trente précise

J'ai décroisé mes jambes
à quatre heures trente précise :

à tort je te disais
à la semaine prochaine.

Tu aimais les marins et moi la mer

l'absence comme un long tunnel vide.

Depuis je traîne avec moi-même

La dernière vague

Réduite à ma peur
j'assemble les goûtes de pluie
et feins l'innocence
pour la dernière fois.

L'espoir a pris des rides depuis cette soirée-là

Quelque part après minuit

Je balance la tête en arrière et regarde les années passées :
ce point de vue me donne le vertige

le cœur aussi est à l'envers.

Je t'aimais mieux à l'heure où l'on baisse la lumière,

maintenant je traîne mes pieds parmi une foule d'imbéciles,

dans des forêts je me faufile
sous des arbres je plante tes vestiges.

Je le sais à présent,

tu préférais les espaces vides.

Il y a des branches si longues qu'elles aussi, je crois, cherchent tes doigts.

C'est peine perdue
il faudra bien leur expliquer :

l'automne t'a balayé.

La cinquième saison

Je te faisais juge
sans rien connaître des règles

et tu ne disais rien

Je suis à des années-lumière
de ces matinées-là
où je te confondais parfois avec demain

Toi, tu me dépassais d'une tête.

C'est de la poudre aux yeux.

Maintenant tu t'immisces dans les plis de mes manches,
dans mes vêtements froissés

dans le vide et les restes

Une traînée de poussière,
volatile, intangible

qu'importe

Toi, tu me dépassais d'une tête.

Éloge de ta fuite

J'ai fait deux tours hier
dans les ruelles

j'ai fait deux tours dans les ruelles
qui gardent tes secrets.

Volets fermés, encore je chantais dans les flaques

il y avait des fleurs éparpillées autour
c'était les nénuphars du lac de l'autre jour

le vent a dit « il est parti »

c'était l'éloge de ta fuite.

Là, mes yeux se sont agrandis
pour accueillir les gouttes de pluie

qui sautaient dans mes flaques

Derrière la baie

Il faisait trop froid pour vivre dans ta paume

demain revient déjà l'automne.

Je préfère m'allonger sous ce ciel de fin juillet
et compter les étoiles
encore à ma portée.

Il en reste quelques-unes accrochées

qui sait au fond si la vieillesse les saisira

elles aussi

La muette

Le cou tendu vers des lendemains improvisés

au rythme des échos fragiles

je regarde la vie faire ses tours

en cachette je me demande

quel mot dévisagera les saisons ?

Le jaune des tulipes

Je ne suis pas prête à te laisser décrire
les plages vues d'en haut
l'imparfait de nos vies
et l'odeur de la terre

Je ne suis pas prête à transformer
ta chambre bleu turquoise en terrier de bois rèche :

ça jamais,
ça jamais,
ça, jamais.

Il faudrait que tu restes encore un demi-siècle
pour arroser tes plantes,
en créer de nouvelles et fleurir ma vie
de pétales, de pétales.

Recoller les espaces
peindre à nouveau les vagues,
dégeler l'herbe qui dort sous mes cils en pagaille

Il faudrait que tu restes encore un demi-siècle,
pour réparer la sphère
et les regards vitreux,
pour rappeler à demain
que la vie vaut le coup,

Que les plus longs voyages
se font dans les regards qui convoquent des mondes
lorsque l'on aime vraiment.

Laisse-moi t'aimer vraiment.

J'écris pour te garder
car tu es volatile,
telle une note de musique
voguant entre les lignes de plusieurs partitions.

Laisse-moi te décrire ce que tu raterais
(si jamais tu partais)

L'odeur du ciel à dix-sept heures,
mes doigts habiles sur un piano,
le jaune des tulipes.

Oui, Il faudrait que tu restes encore un demi-siècle

il paraît que là-haut les nuages sont aqueux
et l'odeur de la terre
déchire le cerveau.

Reste donc avec moi
encore un demi-siècle
pour couvrir ma vie
de l'odeur des tulipes.

Le cerisier est mort

Il y a cet endroit,
pas très loin, pas très loin
l'herbe a été coupée,
les fleurs y sont cueillies

il y fait froid.

Le bouleau a jauni
le cerisier est mort,
les racines des rosiers ont été arrachées.

Il y a cet endroit,
un désert de sel
une rivière asséchée
un vieux chantier stérile

c'est le désordre.

Mi-chemin entre un champ de poussière infertile
et une ville en ruines
épicentre du chaos

la terre y est aride.

Le cerisier est mort
pas très loin, pas très loin

hier encore, il était agréable d'y vivre

Elba

Nuages épais,
la montagne fronce les sourcils

l'automne attend

Les pages bleues

J'ai glissé mon parfum sur les pages de ce livre

pour que tu te souviennes de moi,
pour que tu te souviennes de moi

je l'ai glissé partout,

sur mes chevilles dans mes cheveux
et je me balançais

près de toi,
près de toi

tu as tourné la tête au même titre que la page

et je n'ai toujours pas changé de parfum

Quai de Valmy

C'était novembre et la descente vers l'amour
il pleuvait en onde de cercles
je dansais dans les ruelles :

le vent qui vitrifie
le vin,
et sept syllabes pour clamer le sublime du nouveau.

Tu rougissais
moi je dansais

sans me dérober à tes yeux

La Délicatesse

Tout ce que l'on chuchote au creux des lattes d'un lit tiède
ce que l'on confie, que l'on cache
dans les planches de bois polis :

des souvenirs qui se passeraient de souvenirs

chagrins enfouis sous l'oreiller
souvenirs froids et froissés

une bobine au fond d'un panier

à toi je raconte les nuits qui n'ont pas connu de couleurs
et je baisse la voix.

Tu m'écoutes, tu collectes, tu fouilles ma mémoire,
jamais tu ne m'interromps.

c'est le silence de la pudeur

Les flaques et les pavés

L’odeur de la pluie dans ta rue avait une senteur particulière,
c’était mieux dans les flaques.

La vie nous aimait à l’envers,
elle a fait fondre toutes les feuilles

ensuite, ç’a été les pavés

J’ai passé une saison entière à t’aimer

La métamorphose

Je ne sais dire la colère lorsqu'elle se coince dans ma gorge
et prend naissance sous ma peau pour voguer d'un point à un autre

je ne sais ni la dire ni la taire,
alors elle coule puis elle s'étend,
forme des lacs, des étangs

de lave

elle brûle au long de mes rivages
et coule et coule sans faire naufrage.

Je ne sais dire la colère lorsqu'elle se loge dans ma poitrine
et prend appui sur mes racines.

Je ne sais la taire ni la dire,
alors elle forme des rochers
qui roulent roulent et puis me tire,
jamais elle ne se tait.

Elle arpente mes moindres recoins
prenant possession de mes mains,
la fièvre se loge dans mon ventre,
naissent des nids.

Elle brunit mes lendemains,
se concentre sur les plis d'hier
puis fait disparaître les couleurs
comme saurait le faire l'hiver.

Je ne sais dire la colère lorsqu'elle prend naissance dans mon cœur,
me fait douter, me fait tanguer
réveille les moindres de mes peurs.

Je ne sais la taire ni la dire :

c'est la métamorphose

J'ai fait moins de rêves cette fois

J'ai fait moins de rêves cette fois
à part ça,

vraiment rien ne change

mon diaphragme se déspasme

il me reste un peu d'air

à part ça,
vraiment rien ne change

j'ai de nouvelles raisons d'écrire

colère inscrite au feutre bleu

Je croise ton nom dans quelques rues,
et ça n'est pas la fin du monde.

Je ne me niche plus que dans des paraboles
me réveille la nuit trois fois
corne les pages de livres usés.

À part ça, vraiment
rien ne change.

Rien de plus qu'une ombre

J'aime les masques que je porte
lorsqu'ils ne soutiennent pas encore
les traits de mon visage

Vendanges

La saison des vendanges revient le soleil décline et moi,

je magnifie demain pour qu'il fasse toujours beau

15

Pleine de contournement
je préfère l'ellipse à l'éclipse

comme il est difficile de te perdre aussi subitement

Les murs de pierres

Métal de prédilection désormais hors de ma portée
je réfute les souvenirs

chaleureux et prisés

qui sait tenir sa langue quand le cœur ne tient plus ?

Les hautes solitudes

Pendant que je dormais
mes bras fébriles s'accrochaient à la fin.
Le jour deux est toujours le plus difficile,
il porte en son sein les hautes solitudes.

Le premier, amorcé par des pansements factices,
passe vite même si le lit est froid :

c'est l'anesthésie du vide.

Près de toi tout avait l'air grand :
les galets gris et la rivière
malachites, opales, perles de pluie.

Je le jure, je n'exagère pas

tu ressemblais un peu aux chants du soleil.

Caresses amorcées au creux de la vallée
le premier soir de l'amour,
et ta nuque sous la pleine lune

dans la forêt des souvenirs il y a des coins d'ombres où il fait presque bon

Anselmi, Viale Principe Amedeo

Allongée sur le lit tu fermais les paupières et je te les lisais

ils étaient pour toi ces poèmes

dans la lumière feutrée de la chambre d'hôtel

je te racontais la Terre et ses nuances de bleu

toutes les deux nous peinons à respirer à présent.

Une poignée de mots qui claque sur les rochers,
c'était ma première fois.

Je ne veux plus décrire l'envol des papillons

Le désordre du départ

Je projette verbalement ton absence contre des murs plats
la brise est là pour atténuer tout ce vide

filet de vie abandonné, montent les eaux

mon cœur est devenu une île où il fait trop chaud pour marcher

vapeur, nuée, bateaux

je m'étends sur le lit comme tu le faisais sur le lac

et je m'attends

La vie qui passe

L'oiseau qui s'envole
les lunettes que l'on change
le café refroidit
et la bougie fondue

c'est la vie qui passe

les cheveux que l'on coupe
et les cous qui se tendent

la danse, puis la fin du bal

Les livres que l'on perd
les livres que l'on corne
les cœurs qui se cognent
c'est la vie qui passe

la fumée s'évapore
c'est la vie qui passe

Les rides sur les paumes
c'est la vie qui passe

Les amis déménagent
c'est la vie qui passe

Les genoux qui flanchent
les genoux qui fléchissent

et les cœurs épaissis

Les gouttes de pluie, les flaques
les larmes, les sourires
le turquoise
le jauni
le sol qui s'affaisse
et les rivières brunâtres

Le polaire, le glacial
le magma
les écorces
le néant, les fantômes

les absents, les absents.

Les vides que l'on comble
les vases que l'on casse
les voûtes, les berceuses

Les courbes, les contours
silhouettes, portraits
et les quatre-saisons

c'est la vie qui passe,
c'est la vie qui passe.

Le parfum des fleurs gelées

Hiver

Décembre

Train de nuages
la brise fait danser le rideau

l'avion s'en va

Les falaises

Je me dédoublais chaque fois que tu fronçais les sourcils
elle est loin cette chambre à la peinture sans goût

tu ne ressembles plus à celui dont j'admirais les longs discours,

à quoi bon te décrire encore de mes dix doigts ?

Flocons, square Marx Dormoy

J'ai deux mains gauches
incapables de retenir
les longs manteaux noirs

des ongles qui peignent des histoires
pour que tu n'oublies rien.

La vieillesse est venue,
les silences s'étirent,
les hoquets, les sursauts.

Il faut feindre l'éternité,
il faudra fendre demain
pour qu'il te reste à vivre
des jours en mosaïques
en flocons,
en lamelles.

Viens t'asseoir près de moi
pour qu'encore je te peigne
la neige du jeudi soir

sur le square Marx Dormoy.

Enterrement

Jérémiade au vent
soupir d'enclume

l'écho t'emporte

Je veux te prendre par la main

Je veux te prendre par la main
même si elle est moite,
même si elle glisse un peu
même si elle me brûle,

même si elle ne ressemble plus à une main

je veux te prendre par la main
car tout va vite ici aussi,

la vie glisse à côté de moi

et je ne sais même pas encore bien qui je suis.

Je veux te prendre par la main
comme l'on s'accorde un repos,
comme on s'accroche à une corde,

comme on lâche prise

Je veux te prendre par la main
même si elle est moite,
même si elle glisse un peu,

et qu'elle ne ressemble plus à une main.

Atlantique

Tu t’en vas
et la marée
me monte aux yeux

La marine

Coincée par l'océan je reste soumise à mon reflet
j'ai des litres d'eau dans la tête

c'est la marine au milieu du grand bleu

Pour la première fois
il n'y a plus de ligne droite,
seulement moi allongée sur le sable.

Tout est devenu bleu,
très vite et pour toujours :

l'horizon, les lèvres puis le cœur

je prendrai bien le bateau maintenant que tu n'es plus là

Un lundi en février

C'est le premier jour où je comprends
que tu ne reviendras vraiment pas

Procchio

L’air marin près de mon visage
m’aide à traverser les saisons

j’ai de l’air plein les cheveux

Groenland

Je passe les portes alentours pour traverser la blanche banquise
tes cils battent par intermittence

et moi j'attends

Portoferraio

Entre les lignes du carnet
tu me navigues

il neige sur le port

Je me méfie des roses

J'ôte mes chaussures et baisse les paupières,
il n'y a rien de plus que je puisse faire

dix fois sur cent
Je reste à la fenêtre,

je crains les portes en bois et les illusions closes.

Dix fois sur cent
je reste à la fenêtre

entre mille autres objets je me méfie des roses.

Rue des Archives

Je te cache dans la fosse
je te cache dans la foule
je garde tout pour moi,
tes cheveux, tes chaussettes
tes yeux tristes, tes soupirs
tes bons jours
et les pires
tes automnes
tes hivers
ton rire affable,
tes deux fossettes.

Je garde tout pour moi

je le cache, je l'archive

ici on ne peut pas t'enlever

une seconde fois.

L’écume des blés

Sous un ciel anémié
les tournesols baissent la tête
pour ne pas regarder demain dans les yeux

Raz de marré

Ce qui déborde et me submerge
ce qui éclate
ce qui m'échappe

bordures de ciel,
lumière liquide

tout cela s'épanche sur mes restes.

Ce qui me surplombe, m'inonde

et tout ce qui est à venir

pour des siècles,
pour des siècles.

Siècles qui se répandent lentement,

sur les défaites, sur les refuges
les cages et les cachettes
les étables les étangs
les chapelles et les clans
les lignes et les traits
les fils et les axes

les allers sans retours
les trajets, les détours

au bord de la crique le bleu règne toujours

Les chardons

J’ouvre la porte, voilà le vide
encore mon cœur est à la fuite

je projette, je projette
des quantités d’histoires

les mains dans mes poches je projette
contre un courage boulimique.

Toujours je crains les douches froides
encore je crains les abandons

les larmes tièdes, les déboires

j’ai l’habitude du gâchis

Issue de secours

Avant les éboulements
avant la douche froide
avant la bile

et le désordre aussi

le sel sur le cœur
la cessation
les tâches

l'absence avant l'absent

le vide avant le vide

je déclare forfait
je me cache

en retrait

puis je pleure

Sérigraphie

Le soleil est revenu avant toi
j'aurai juré qu'on avait changé de saisons

comment as-tu fait pour t'échapper si vite ?

L'esquisse

J'aimerais être assez forte pour affronter la folie de ce monde
sans vouloir me confondre
à la lune

chaque matin

Ballerines

Mon cerveau se morcelle
en celles que j'aurais voulu être

celles que tu voulais que je sois

souvent quand la nuit tombe je les enlace ces versions-là
je les aime toutes

sauf moi

Jardin d'hiver

Dans ce jardin d'hiver
elle dit l'enfance
puis l'enlace

nous marchons en silence sur ce parfum de pluie
d'où me vient cette envie de m'asseoir à tes pieds ?

Caresse mes cheveux avant que je n'efface

tes vies
et tes histoires.

Caresse mes cheveux avant qu'elle ne s'agace
et qu'elle n'éloigne tes doigts,

tes doigts de ma mémoire

avant qu'elle ne décide,
capricieuse enfant,
de se transformer en manège
de te transformer en absente
de te coincer dans un cortège
de me changer en survivante

encore.

Quelle était cette musique que tu adorais ?

Le parc vide en février

De mes deux yeux
j'écoutais trembler le risque

nous nous sommes effrayé le cœur.

J'évalue les dégâts :
mes forteresses sont vides.

Il me faut une chaise pour regarder derrière
sans craindre de m'écrouler

Est-ce qu'une fois au mois tu me cherches dans la ville ?

Flacon floral

Le miel fond
parenthèse féconde

l'année s'est écoulée

Spiegel

Il est l'heure maintenant d'oublier ton prénom
et cesser de tourner
la tête sans cesse vers l'Est

il y a des erreurs plus lentes que les secondes

je préférais la courbe des virgules aux points ronds.

Cette bougie ne veut donc pas s'éteindre ?

Ce qu'il reste et ce qu'il manque

Il reste un peu de toi dans quelques-uns de mes projets
sous des « et si »
dans des esquisses de mélodies.

Il reste, je crois, de toi dans ce que je redoute la nuit

dans ce que je façonne de mon être

elle est vide de toi cette fête

Il manque de toi dans demain,
dans mes ratures et mes détours
mes feuilles blanches refusent ma main
elles disent qu'elles t'attendent,
en vain.

Il y a trop de jours dans mon mois
je dois tout refaire à présent

combien encore ?

l'Avalanche

Sur les hauts monts de Chambéry
il manque toujours de la neige
j'avais encore tant de choses à te partager

effondrement réussi

Nonna

Tu avais tout compris à l'art de ma joie

il me reste à présent

des chuchotements amers
bribes de voix
esquisses imparfaites
feuilles de brouillon

et la peur en plein jour que les autres ont de moi

Céladon

Une trace qui tombe
c'est la neige en flocons
qui visite l'oubliée

Il règne dans le froid une quiétude nouvelle

Cévennes

Au-delà de la neige
mes deux mains se décident,

vivante je suis.

Demain doucement se dessine

Molitor

Je ne m'identifie plus à l'odeur du chlore

l'eau coule sur le goudron
et le vélo va vite

ton nom donné aux rues que je côtoie
se dote d'une nouvelle image :
tu n'as jamais sauvé personne.

Tandis que tu te heurtes à ma mémoire factice
je colmate les brèches :

ici tu y es admirable.

Un jour je te rejette dans les bas-fonds des flaques
le lendemain j'y plonge pour y faire un baptême.

À quelle force obéit ton visage idiot ?

Les journées grises

J'apprends la langue du chagrin
tu parlais souvent en poète

tu te taisais un mot sur deux et j'entendais toujours « peut-être »

je suis devenue ce qu'il hait

le rebord d'une étroite fenêtre.

Nous nagions vite, pourtant

Sur mon épaule luxée
s'appuient les survivantes

le soleil parfois fatigue lui aussi.

Elle a éteint toutes les aubes
lorsqu'elle a fait sa valise
pour se construire un édifice entre les algues

une cabane dans la cascade de mes lames

qui ne tranchent plus rien

Ta stèle est une symphonie

Je garde de tes traces
dans les voyelles, dans le bruit
de l'autre côté de ma paupière
sur un alphabet oublié

quelques journées se passent de moi,
je me substitue à l'espace

tu n'es jamais vraiment absent

en tout cas, je m'en persuade

Ritournelle

Tourner en rond plusieurs fois
avant de tourner la page

pour de bon

Les éboulements

Contrairement aux syllabes
les larmes se forment sans effort

si seulement je savais parler comme je pleure

Le parfum de la rosée

Printemps

Printemps

Les lits du monde fêtent le printemps qui revient
derrière nous
de vieux échos passent

Gentiane sauvage

Les fleurs sur le balcon
saturées de soleil
se penchent vers la dernière version de moi

Sode

Il étend du linge au-dessus de la colline
le vent divague
je me demande souvent

les oiseaux font-ils attention à la couleur du ciel ?

Les Dahlias

Gouttes de pluie sur mes phalanges
une multitude de dahlias
se mêle au déluge du monde

L'éclat

La nuit comme un miroir turquoise
un courant d'air
une ritournelle

je m'accompagne vers le début de l'amour

Forêt de séquoias

Au cœur des montres,
soigner amoureusement le sol
il y a plus vaste que moi
plus large que ce chagrin

les océans et les glaciers

dans ce désordre je ne peux sauver qu'une chose sur deux

alors je m'accroche aux bouts de terre ferme

et conserve le nectar des mots

Monte Capanne

Souvenirs taillés en pépites brutes
je ne céderai pas au vide
plutôt la vie que de me perdre une seconde fois

Lagune

Coincée entre le bleu
et le manège

elle se languit d'être elle-même

L’absolue

Je ne suis pas demi-mot
je ne suis pas virgule,

j’ai été reine des vents.

Le sable dans les yeux,
que l’on plisse, que l’on plisse
je ne suis pas couverture
de velours, de coton,
mais point d’exclamation

et quelques fois,
soupirs.

Je ne suis pas bouquet,
qui attend dans le vase

je ne fais pas joli,
je ne fais pas joli

Tournesol au soleil

que je suis,
que je suis

la vague qui surprend
et danse
avec la nuit.

Odeur de clémentine

joueuse de papillon

le jaune sur les balcons

ouvre la porte, vient mon visage

L’amandier

L’amandier près de la rivière chuchote
mon contour enfin apparaît

je vais me donner une chance

Mosaïque

Rassemble tout ce que tu crois
et emporte-le là où ils ne peuvent le fissurer

Lilas

Je goûte avec audace
la rondeur de mes jours
et jouis à vive allure
de ma vie sans contours

c'est une nouvelle prairie dans laquelle je cours

et j'y plante des arbres,
et j'y plante des fleurs.

Mois de Mai

Baume de fraise
tu me danses
une fragrance exquise se conjugue

Citron

Agrumes japonais
le souvenir de tes cils
se fermant au matin

Etna

Je suis l’amour et la lave
dans un seul et même corps

Le gala

Ricochet de lumière
vite, vite vers la chaleur
il faut être à temps pour la grande fête

indemne, je suis indemne
c'est un gala inouï,
une vie sans réserve
plénière, je suis plénière
demain

j'attends la chute

Et enfin sur cette plage il y a moi

Je dois me rappeler tous les matins
que je suis quelqu'un que j'aime aussi

Grain de soleil

Quand mes bateaux se perdent en mer
j'apprends à chanter aux sirènes
ce que me chantait ma grand-mère

afin de calmer mes tempêtes

Hémisphères

La page est blanche, tout commence,
ensemble
mes deux hémisphères dansent

sur la même ligne

La trace du soleil

J'écris
et n'ai plus peur
de toi lisant mes mots

Western

Je suis née et j'écris
je dégèle, je crée

je recule, me charge
puis m'étends sur les rives

je fabrique je forme
des mots pour s'envoler
des mots pour prendre le nord
et parfois amerrir.

Je saisis, je suppose,
je livre mes virgules

et dessine des rivières

je m'éveille je m'affiche
je me fiche du reste

l'encre sèche au soleil dans le creux du papier

La sève

Pressée de vivre
la sève dans tes cheveux s'écoule

Nuée du matin

Sémaphore contre siroco
j'apprends à être le phare
de mes propres bateaux

Les champs derrière la maison

Ciel sur un lit de coquelicots
les aspects de moi se mélangent
à la symphonie du vivant

Céramiste

Sculpter de mes dix doigts
la version de moi-même que j'aperçois en rêve

Quartz craquelé

Elle danse avec mon vide
puis fabrique des puzzles

de mes morceaux de verre

Ombres chinoises, couleur charbon

Volte-face
les vieilles ombres s'évaporent

je souris à l'esquisse dans la ruelle

Si les étoiles avaient une odeur

Si les étoiles avaient une odeur,
je me lasserais du soleil
et attendrais attentivement
les gouttes d'eau à la fenêtre

Si les étoiles avaient une odeur,
on donnerait aux constellations
des noms de fleurs oubliées
car les deux dorment depuis des siècles.

Si elles avaient une odeur, les étoiles,
je ne craindrais plus les jours à compléter
ceux qui se dessinent en pagaille
ceux que je ne sais pas compter
sur le bout de mes doigts.

Rien n'aurait l'air trop long.

Ton parfum après la pluie,
comme resté sur la page d'un livre
qui a traversé dix années pour te revoir

non, ce ne sont pas des nuages qui défilent ce soir.

Si les étoiles avaient une odeur,
nous lèverions la tête un jour ou deux
pour dormir sur l'herbe fraîche
et contempler à l'unisson un ciel inédit.

Je n'aurai pas peur que tu disparaisses.

Si les étoiles avaient une odeur,
j'étirerais les ongles au ciel
et mes prières seraient alors
une grande danse sensorielle.

Que sont devenues toutes les bouteilles de parfum vides après ton départ ?

Même constellée, tu serais là
effusion flottant dans l'azur
effleurant du bout de tes branches
la danse des arbres.

Même constellée, tu serais là
et je me lasserai du soleil
et alors je lèverai la tête

pour boire encore un peu le ciel.

Poésie

Une fleur bleue sous le gel
une chandelle restée allumée
une cadence parfaite

le carré de vie d'un ciel gris
une vague dans la ville

l'air d'un bloc de ciment

le coton qui rassure
et celui que l'on serre contre soi pour dormir

la trêve et le repos
la porte-parole du beau

ce que l'on pourrait voir, ce que l'on voudrait dire

pour la première fois

Les absences

La mer garde pour moi
des bouées de sauvetage et quelques bateaux mauves
pour mes envies de fuites,

mes prétextes et mes abandons

dis, qu'as-tu mis dans ta valise ?

L'étang

Eau verte
paumes sèches

pourquoi tout va si vite ?

Je suis pigments de fleur

Je ne suis pas une case dans laquelle on saute à pieds joints

je suis pigments de fleur
pistil, saturation.

Taches de couleur primaire sur un plancher en bois

je cultive les heures
pour qu'elles restent près de moi.

Je nomme les horizons,
recolle les espaces,
rapproche les écarts,

affine l'infiniment grand.

Je colore mes fêlures au feutre et au vernis,
pour en faire des toiles,
fresques pastelles ou vives

jamais je ne m'enferme dans une boîte à musique.

Écriture

Volcan revient brûler
les rêves abandonnés
qui dorment depuis une vie

j'écris

Je ne suis pas

J'aurais aimé être née en juin
j'aurais aimé m'appeler Lou
j'aurais aimé être une nouvelle,
une nouvelle version de moi-même.

J'aurais voulu être italienne,

chaque semaine venir d'ailleurs

Alors j'emprunte les masques de celles
que je ne suis pas, que je ne suis pas

La résilience

Voilà une nouvelle manière d'être vivante
se jeter à l'eau
sans craindre la marée haute

Le Pivert

L'amour est un oiseau
qui quitte la maison à huit heures
pour voir le soleil se coucher dans vingt-sept pays différents

Keith Jarrett

Une sonate
puis c’est la brise
qui fait son chemin près des vagues

Vase de soisson

Il ne pourra jamais être la colle
qui répare tes morceaux brisés

seule toi le peux

Oracle Sisters

Les tableaux blancs attendent que je sème des pigments
sur leurs rebords de bois

moi je danse ta perte sur le carrelage froid.

j'existe, je me danse j'existe, je me danse j'existe, je me danse
j'existe, je me danse j'existe, je me danse j'existe, je me danse
j'existe, je me danse j'existe, je me danse j'existe, je me danse
j'existe, je me danse j'existe, je me danse j'existe, je me danse
j'existe, je me danse

je ne peux tout reconstruire sans faire trembler les murs

j'existe, je me danse j'existe, je me danse j'existe, je me danse
j'existe, je me danse j'existe, je me danse j'existe, je me danse
j'existe, je me danse

certains donneraient le monde pour revivre leurs premières fois

moi je préfère danser sur le carrelage froid

J'existe

Dans les ravages
les égarements
dans les abîmes
les éboulements
dans les naufrages et l'abandon
dans les doutes, dans le sommeil
dans la perte, dans les ruines
dans le tunnel
dans les fossés
dans les fractions
dans les éclipses et les secondes
dans l'isolement
dans les cloisons
dans les pièces sombres
dans les bas-fonds
dans l'hérésie, dans le boucan
les lignes, les éloignements
dans le silence et dans le froid
dans les limites, sous les plafonds
dans l'exil et dans le divorce
dans les sursis dans les sursauts
dans les remises, la rémission :
j'existe.

Remerciements

À Flor Lurienne et toutes les fleurs de ma vie

Table des matières

Imprimé en France
Achevé d'imprimer en octobre 2023
Dépôt légal : septembre 2023

Pour

Le Lys Bleu Éditions
40, rue du Louvre
75001 Paris